AF375901

ASDRUBAL,

OU

L'AMOUR DE LA PATRIE,

TRAGEDIE,

Tirée des Décades de Tite-Live.

Par E. A. F.

À LA HAYE,

Chez JEAN NEAULME.

M. DCC. LVII.

A MONSEIGNEUR
LE MARECHAL
DUC DE RICHELIEU.

O D E.

LE Drame que je vous préfente,
Attendez-vous que je le vente,
Par le climat qui l'a produit ?
C'eft un Vallon de Sequanie ;
Dans ma montagneufe patrie,
D'un long travail il eft le fruit.
   RICHELIEU, la premiere place
Des beaux Arts, fut le mont Parnaffe,
Et le fommet de l'Helicon
Fut l'azile de la fcience,
Et le fejour, par préference,
Des Mufes comme d'Apollon.
   Peut-on dire que la fageffe
Fut fedentaire dans la Gréce,
Qu'ailleurs tous étoient ignorants ?
Près de la Seine, ou près du Tibre,
Faut-il naître d'un Pere libre,
Pour efperer d'être fçavants ?
   ESOPE eft né dans la Phrigie,
Anacarfis dans la Scitie,
Dans l'Arabie, Avicenna.

A ij

L'Egipte a produit Trifmegifte,
Qu'empêche qu'on joigne à la lifte
Un Nourriffon du Montjura.

Corneille, Racine & Moliere
M'ont précedé dans la carriere
Que je voudrois fuivre aujourd'hui ;
Pour marcher d'un pas plus agile
Dans cette route difficile,
Je viens implorer votre appui.

Il faut qu'un Auteur Dramatique,
Soit hiftorien, politique,
De tout art, & proferfion :
Il faut, pour bien faire connoître
Ce qu'eft l'Homme, & ce qu'il doit être,
Les talents, l'érudition.

RICHELIEU, foyez mon Mecène,
Et je paroîtrai fur la fcène
Chargé du pefant nom d'Auteur,
Je braverai la jaloufie,
Et toute critique ennemie,
Sous un fi digne Protecteur.

Protegez ce nouvel ouvrage,
Dans fes cendres vivra Cartage,
Et ce grand Peuple qui n'eft plus,
Par fon amour, pour la patrie,
Animera dans nous l'envie
De l'imiter dans fes vertus.

O fi Cartage, comme Genes,
Contre les legions Romaines,
Eût eu LOUIS pour protecteur,

Louis auroit sauvé l'Afrique,
Donnant à cette République,
Un RICHELIEU pour défenseur,
Vous qui fites aux Baleares
Briller les vertus les plus rares,
Les Cartaginois les premiers,
Ont préparé le grand Théatre,
Où l'Europe vous vit combattre,
Et cueillir d'immortels Lauriers.

Par son très - humble & très-
obéissant serviteur.
E. A. F.

ACTEURS.

ASDRUBAL, Général des Cartaginois.

HANNON, autre Général des Cartaginois.

ARAXONTE, femme d'Asdrubal.

TIRÉNE, femme d'Hannon.

DEUX ENFANTS d'Asdrubal & d'Araxonte.

DEUX SUIVANTES.

UN ENVOYÉ DU SENAT DE CARTAGE.

GARDES CARTAGINOIS.

SCIPION, Général des Romains.

CATON LE CENSEUR, envoyé par le Sénat de Rome.

LŒLIE, confident de Scipion.

CLASOMÉNE, affranchi de Caton.

TUBERON,
STRATON, } Tribuns Militaires des Romains.
SEPTIME,

GARDES ROMAINS.

La Scène est dans les enceintes d'un Temple dédié à Jupiter, entre le Camp & la Ville.

ASDRUBAL,

OU

L'AMOUR DE LA PATRIE,

TRAGEDIE.

ACTE PREMIER.

Le Théatre repréfente d'un côté les tours & remparts d'une ancienne Ville ; de l'autre, un Camp retranché à l'antique, & au fonds un Temple. Les Acteurs font habillés en guerriers, & les femmes en Amazones, en deux couleurs oppofées.

SCENE PREMIERE.

ARAXONTE, TIRENE. Deux Suivantes.

Gardes Cartaginois.

TIRENE.

Rois ans font écoulés, & Cartage affaillie,
Madame, brave encor une fiere ennemie.
De fa feule valeur, elle attend fon fecours,

Et malgré ses efforts, lui resiste toujours.
Caton n'insiste plus à détruire Cartage,
Il consent à la treve, & pour heureux présage,
Deux peuples ennemis, par de justes desseins,
Pour nous donner la paix, choisissent ces lieux saints;
Ce temple, qui sépare & le camp & la ville,
S'ouvre aujourd'hui pour tous, & nous offre un asile;
Romains, Cartaginois, tous ensemble, en ces lieux,
Viennent pour implorer l'assistance des Dieux.
Cartage enfin respire.

A R A X O N T E.

                    Apprehendons, Tirene,
Les dangers que nous cache une route incertaine,
Les ruses qu'aujourd'hui les Romains font servir
A tous les grands projets qu'ils veulent accomplir.

T I R E N E.

Scipion n'agit plus, il a quitté les armes,
L'Affrique est en repos, Cartage sans allarmes.

A R A X O N T E.

Parmi nos ennemis, le severe Caton
Est à craindre pour nous bien plus que Scipion.
Disons, si l'on vouloit peindre le caractere,
Et toutes les vertus qui font l'homme de guerre,
Qu'il est sage, constant, vigilant, courageux,
Industrieux, actif, & sur tout généreux.
Il cache sa démarche, & se sert de la ruse,
Mais s'il donne sa foi, jamais il n'en abuse.
Caton n'a point en lui cet esprit du guerrier,
C'est dans Scipion seul qu'il brille tout entier:
On vit ce général, autour de notre ville,
Souvent mettre en usage une force inutile;
Nos guerriers opposoient valeur contre valeur,
Le Romain fut vaincu plus souvent que vainqueur.
En vain, de toutes parts, sur terre on nous traverse,
Sur mer, les heureux fruits d'un florissant commerce,
                                        Nous

Nous donnoient l'abondance, & nous faisoient jouir
Des biens que Caton seul est venu nous ravir.

TIRENE.

Refuser une treve en un tems si contraire !
Araxonte, faut-il vivre toujours en guerre ?
Et voulez-vous encor proposer pour égal,
Le Censeur au vainqueur du vaillant Annibal !

ARAXONTE.

J'appréhende Caton ; Scipion, je l'estime.
Cartage, helas ! se trompe, & devient la victime
D'un Peuple ambitieux, chez qui tous les sermens
Ne sont plus qu'un faux voile à ses déguisemens.

TIRENE.

Ce discours dit-il vrai ? Rome, si généreuse,
Seroit-elle aujourd'hui perfide, ambitieuse ?
Ne lui resteroit-il, de tout le tems passé,
Et de tant de vertus, qu'un vain titre effacé ?

ARAXONTE.

Funeste changement. Dans Rome, l'artifice,
L'ambition, l'orgueil, font triompher le vice.
Autrefois les Romains, comme une sainte loi,
Gardoient aux ennemis la plus exacte foi.
On ne vit point alors, dans cette Republique,
Des détours odieux, de fausse politique.
L'âge, l'expérience, être utile à l'Etat,
Leur frayoient le chemin pour entrer au Senat.
L'homme, par un vain titre, en ces beaux tems de Rome,
Ne prétendit jamais se distinguer de l'homme.
On ne recherchoit pas en d'incertains Ayeux,
Un honneur étranger, & des noms glorieux.
On ne voyoit personne établir son mérite
Sur les exploits d'autrui plus que sur sa conduite.
La valeur, la prudence, & la religion,
Donnerent tout le lustre à la condition.
Pour étayer l'éclat d'une antique noblesse,

On n'avoit d'autre appui que l'auftere fageffe.
Il n'étoit point d'honneur que pour la probité ;
Et pour régle, on fuivoit celle de l'équité.
Ce beau tems a paffé, tout a changé de face,
Tirene, quels enfants ont occupé la place !
Le luxe, les défauts de cent peuples vaincus
Effacent aujourd'hui les premieres vertus.

T I R E N E.

Loin de fe démentir de fa vertu paffée,
Combien diront plutôt, Rome s'eft policée.

A R A X O N T E.

Rome fait confifter, en ces malheureux jours,
La plus grande fageffe en d'odieux détours.
Toute la terre fçait quel prétexte, en Sicile,
Servit pour nous ôter l'Empire de cette Ifle.
L'Efpagne avec l'Affrique, & cent riches païs,
Par la loi du plus fort, nous ont été ravis.
Il ne nous refte plus que la feule Cartage,
Cartage dépouillée, helas ! leur fait ombrage.
Que n'avons-nous pas fait pour calmer le courroux
De ce Peuple orgueilleux, irrité contre nous !
Nos armes, nos beliers, nos inftruments de guerre,
Nos ôtages livrés, n'ont pû le fatisfaire.

T I R E N E.

Ne nous rebutons point, efpérons aujourd'hui,
Dans une heureufe paix, d'en recueillir le fruit.

A R A X O N T E.

Que d'ennemis, helas ! que leur fureur affemble !
Au recit du paffé, pour l'avenir je tremble.
Puis-je oublier ce jour, témoin de nos malheurs,
Jour, qui vint éclairer la rigueur des vainqueurs.
Pour calmer les Romains, on vit fur le rivage,
Trois cent nobles enfants conduits en efclavage.
Les meres les fuivoient, leurs tendres cœurs aigris,
Eclatoient par les pleurs & par de triftes cris.

Dans un honteux état, cette foible jeuneſſe
Ne fit point à nos yeux, paroitre de baſſeſſe.
Pour ſouſtraire Cartage à la captivité,
Tous alloient ſans regret, offrir leur liberté.
Des ennemis trompeurs, & ſi ſouvent parjures,
Nous dépouillent encor de toutes nos armures.
Nos chars armés en guerre, à ces triſtes moments,
Gemirent ſous le poids de vingt mille inſtruments.
Cartage, que trompa ſa fauſſe confiance,
Cherchant ſa ſureté, ſe mettoit ſans défenſe.
Les Conſuls, le Senat, les Prêtres, les Vieillards,
Le Viſage voilé, ſuivoient ces triſtes chars.
Le peuple entier en deuil, pour ſauver la patrie,
Préſentoit aux Romains, & ſes biens & ſa vie.

TIRENT.

Nous ſoumettants ainſi, nous avouants vaincus,
Qu'eſt-ce que les vainqueurs exigeront de plus?

ARAXONTE.

Envain Rome verra ſa victoire complette,
Elle croira toujours ſa vengeance imparfaite.
Nos armes, nos enfants, notre ſoumiſſion,
Bien loin de la calmer, ont endurci Caton.
Un fier peuple animé par ce Romain ſevere,
Vient pour nous déclarer la plus injuſte guerre.
Il reconnoit envain que tous lui ſont ſoumis,
Il nous traite toujours comme ſes ennemis.
Diſons-le, le Cenſeur, ennuyé d'un long ſiege,
Sous un maſque de paix, cache un dangereux piege.
O Cartage, ô Patrie, ô vous Cartaginois !
Vous, que de vains ſerments ont trompés tant de fois,
La ruſe, & non la force, aujourd'hui vous entraîne
Aux chemins perilleux d'une perte certaine.
Rome, dans ſon erreur, crut voir dans Aſdrubal
Un dangereux héros, un nouvel Annibal,
Par ſa vertu, bien loin d'obtenir ſon eſtime,

Sa vertu l'irrita, fa vertu fut fon crime.
Le grand bruit de fon nom fit voir un faux peril,
Pour diffiper fa crainte, il fallut fon exil.
Amis, parents, enfants, la patrie, une époufe,
Furent facrifiés à fon humeur jaloufe.
Afdrubal, Cartalon, envain, pour la calmer,
Sont profcrits pour lui plaire, elle ordonne d'armer.
On efpére appaifer cette fiere ennemie,
Cartage, helas! fe trompe & fe voit affaillie.
J'apperçois les Romains.

SCENE II.

SCIPION, LŒLIE, ARAXONTE, TIRÉNE, DEUX SUIVANTES.

Gardes Romains, Gardes Cartaginois.

SCIPION.

Puifque ce lieu facré,
Mefdames, nous fournit un afile affuré,
Pourquoi le fuyez-vous, tandis qu'en confiance,
Sous la foi des traités, un ennemi s'avance?
Nous ne défirons plus que de tranquiles jours,
Qui faffent oublier nos haines pour toujours.

ARAXONTE.

Vous nous parlez, Seigneur, de nos haines paffées,
Tous font-ils animés par de mêmes penfées?
N'eft-il point parmi vous, quelque efprit dangereux,
Qui, rejettant toujours un deffein généreux,
Ennuyé d'employer une inutile force,
Offre, par une tréve, une trompeufe amorce?
Voyant près de nos murs le Cenfeur irrité,

Que penſer de Cartage , eſt - elle en ſureté ?
J'apperçois un peril , Seigneur.

S c i p i o n.

                       Ceſſez de craindre ,
Madame , penſez-vous que Rome veuille enfreindre
Des traités appuyés ſur la foi des ſerments ?

A r a x o n t e.

Nous raſſureront-ils , en ces malheureux tems ?
Ne vous offenſez point , Romains , ſi je rappelle
Ces celebres traités , cette paix ſolemnelle
Que trois fois on jura ſur les ſacrés Autels ;
Vous prites pour témoins tous les Dieux immortels.
Ces traités , cette paix , trois fois on les viole ;
Quel eſt celui de nous qui manque à ſa parole ?
Obſervez bien , Romains , qui ſont les aggreſſeurs ,
Vous connoîtrez alors la cauſe des malheurs.
Cartage eſt dépouillée , & ſa ſeule induſtrie ,
Source de tous ſes biens , excite votre envie ,
Pourquoi nous traitez-vous comme vos ennemis ,
Pourquoi faire la guerre à des Peuples ſoumis ?
Nos armes , nos enfants n'étoient-ils pas un gage ,
De la ſoumiſſion que vous promet Cartage ?
Romains , qui vous armés ſans raiſon contre nous ,
Craignez les immortels , & leur juſte courroux.

S c i p i o n.

Ne nous accuſez pas , Madame , d'injuſtice ,
Le Senat le commande , il faut qu'on obéiſſe.
Dans le repos que donne une ſolide paix ,
Nous mettrons en oubli nos haines pour jamais.
Bientôt Cartage & Rome , autrefois ennemies ,
Après tant de combats , ſe verront réunies.

A r a x o n t e.

Aux champs de Mars , Seigneur , nous craignons Scipion ;
Nous redoutons ailleurs la haine de Caton.

SCIPION.

Tous les Romains ont craint, difons-le à notre honte,
Afdrubal aux combats, & par-tout Araxonte.

SCENE III.

SCIPION, LŒLIE, *Gardes Romains.*

SCIPION.

LŒlie, inftruifez-moi, quels font vos fentiments.
Serons-nous du Cenfeur les cruels inftruments ?
Ses difcours, animés d'un efprit peu tranquile,
Difent à tous propos de détruire une Ville
Par qui le Capitole a tremblé tant de fois,
A préfent defarmée, & foumife à nos loix.

LŒLIE.

Quoique aucun ne s'oppofe au deffein d'un feul homme,
Le Peuple, le Senat, tous le blament dans Rome.

SCIPION.

Quel feroit le fujet, qui l'anime le plus ?

LŒLIE.

Cartage a furpaffé les Romains en vertus.

SCIPION.

Quel étrange difcours, me tenez-vous, Lœlie ?
La vertu, parmi nous, devient-elle ennemie ?
Faut-il la voir briller jufques chez nos rivaux,
Sommes-nous leurs vainqueurs, pour prendre leurs
  défauts ?
Rome, qu'eft devenu ce tems où ta conduite
Recevoit les honneurs que la vertu mérite ?
La pieté fincere avec la probité,
L'amour conftant du bien, la générofité,
Le refpect pour les loix, formoient un caractere,
Dont le nom glorieux, remplit toute la terre.

La vertu des Romains défarma Porfenna ,
En voulant l'éprouver , Pirrus s'en étonna.
Plein d'admiration , le premier fe retire
Jufques dans l'Etrurie , & l'autre dans l'Epire.
Notre équité , connue à tous nos ennemis ,
Plutôt que nos éforts , les a fouvent foumis.

L œ L I E.

Nous le fçavons, Seigneur , Rome , par fa clemence ,
Mieux que par fes exploits , augmenta fa puiffance.
Que de Peuples domptés , délivrés des liens ,
S'arment pour nous défendre avec nos Citoyens !

S C I P I O N.

Ces beaux tems ont fini , par un revers étrange ,
A ce moment fatal , notre conduite change.
La dépouille , les biens des ennemis vaincus ,
Sont les puiffants objets qui nous charment le plus.
Hélas ! les nations , fous notre joug captives ,
Reçoivent dans leur fein nos vertus fugitives.
Parmi nos ennemis , en ces tems malheureux ,
On voit renouveller celui de nos Ayeux.
La rivale de Rome , auprès de ce faint Temple ,
Vient de nous en offrir un trop fenfible exemple ,
Dans un vertueux couple , où l'efprit , la beauté ,
Brillent par la fageffe & par la pieté.

L œ L I E.

Ignorez-vous leur nom ?

S C I P I O N.

Pouvez-vous me l'apprendre ?

L œ L I E.

Il nous eft redoutable , il devra vous furprendre.
Oubliez-vous , Seigneur , que dans chaque action ,
Nous eumes à combattre un puiffant bataillon.
Ce bataillon , choifi dans un fexe timide ,
Plein d'une aveugle ardeur , fut toujours intrépide ,
Pour délivrer Cartage , & vanger Annibal ,

Dans les plus grands affauts , cherchoit le Général ;
Souvent il mit un frein à la valeur Romaine ,
Ses chefs étoient. . . .

SCIPION.

J'entens , Araxonte & Tirene.

LŒLIE.

Araxonte furtout , qui , dans tous les combats ,
Elevant fierement un redoutable bras ,
Ne chercha que vous feul , vous l'avez vû paroitre.

SCIPION.

Par quel étrange fort , n'ai-je pû la connoitre ;
Admirer plus long-tems celle qui tant de fois ,
Signala fa valeur par les plus grands exploits ?
Ses difcours m'ont charmé , j'admirois fa prudence.
J'étois furpris. .

LŒLIE.

Je vois le Cenfeur qui s'avance.

SCENE IV.

SCIPION, CATON, LŒLIE, CLASOMÈNE,

Gardes Romains.

CATON.

TEmeraires Romains , que faites-vous ici ?
Pourquoi feuls en ces lieux, paroiffez-vous ainfi ?
Faut-il qu'un Général, fans légitime caufe ,
Sans craindre le peril , imprudemment s'expofe ?
La difcrete valeur , fagement fe contraint.
L'ennemi , quoiqu'en paix , doit être toujours craint.
L'événement punit celui qui fe hafarde.

SCIPION.

Quittez, Cenfeur , ce foin , c'eft moi feul qu'il regarde.

Sans

Sans parler des ſerments de la foi d'un traité,
La garde toujours veille à notre ſureté.
Caton, ceſſerons-nous, cette fois, de combattre
Contre un Peuple en fureur, que rien ne peut abattre ?
Depuis plus de trois ans, ſans appui, ſans ſecours,
Il brave nos efforts, & réſiſte toujours.

C A T O N.

Dans ſes preſſants beſoins, quelles ſont ſes reſſources ?

S C I P I O N.

Dans ſon ſeul déſeſpoir, il en trouve les ſources.
La diſcorde autrefois, cauſe de tous ſes maux,
Dans le ſein de Cartage alluma ſes flambeaux ;
Tout a changé, chacun dans le péril s'accorde ,
Et s'empreſſe à bannir tout ſujet de diſcorde.
Pour la cauſe publique, ils ſe ſont tous unis,
Le danger qui les preſſe, a détruit tous partis.
Les biens ſont confondus dans un commun uſage ,
Pour ſauver la patrie, ils n'ont plus qu'un langage.
Tous ſçavent leur emploi pour combattre ou veiller ;
Juſqu'au ſexe, chacun s'empreſſe à travailler.
Et pour procurer mieux l'effet de leurs promeſſes ,
L'état poſſéde tout, jouit ſeul des richeſſes.
Les plus ſacrés treſors & les dons faits aux Dieux ,
Par un emprunt forcé ſont tirés des ſaints lieux.
Tous d'un zéle commun pour leur chere patrie ,
Près des ſacrés autels, ont devoué leur vie.
Le ſexe, quoique foible, eſt, dans ſa vive ardeur ,
Inſpiré des tranſports d'une aveugle fureur.
Pour connoître combien leur reſiſtance eſt grande ,
Il ſuffit de ſçavoir qu'Aſdrubal les commande.

C A T O N.

Aſdrubal dites-vous ?

S C I P I O N.

                          Oui ! ce grand général ,
La terreur des Romains, le vrai ſang d'Annibal.

Il aime sa patrie, il craint sa servitude,
Il met tout en oubli, l'exil, l'ingratitude,
Il assemble une armée, il court pour secourir
Une patrie ingrate en danger de perir.
Un second Asdrubal, c'est l'illuste Araxonte ;
Que de fois sa valeur nous a couverts de honte!
Nous faisant ressentir la force de son bras,
Triompha des Romains au milieu des combats.

CATON.

Je connois, Scipion, que Cartage vaincue,
Voit tous ses maux passés, sans en être abattue;
Qu'envisageant encor sa gloire d'autrefois,
Cette rivale veut se souftraire à nos loix ;
Qu'elle espère malgré la puissance Romaine,
Renouveller un jour, Cannes & Trasimène.
Non, Seigneur, nous devons prévenir un besoin,
Detourner les malheurs qui menacent de loin.
Seigneur, esperez-vous que Rome s'en exempte,
Faisons qu'auparavant Cartage les ressente.

SCIPION.

Non, Seigneur, une paix bien plus digne de nous,
Seroit, par ses douceurs, plus favorable à tous.
Pourquoi vouloir détruire une ville soumise ?

CATON.

Dans ses soumissions, craignons une surprise.

SCIPION.

Ses forces, son pouvoir, sont reduits dans ses murs.

CATON.

Prenons contre un danger, les moyens les plus surs.

SCIPION.

Rome n'a-t-elle pas ses enfants en otage ?

CATON.

Peut-on se reposer sur un si foible gage ?

SCIPION.

Nous devons tous, du moins, admirer ses vertus.

CATON.

Ses vertus-font l'objet que Rome craint le plus,

SCIPION.

A quelle fin faut-il que Cartage s'attende ?

CATON.

Seigneur, c'eft d'obéir lorfque Rome commande.

SCIPION.

Cartage, c'en eft fait ; tes forces, ton pouvoir,
Se reduiront bientôt à ton feul défefpoir.
Caton, oubliez-vous comment dans fa naiffance,
Rome fçut s'élever malgré fon impuiffance ?
Alors le feul amas de quelques fugitifs,
Formoit un foible corps de Citoyens craintifs,
Un foffé défendant cette naiffante ville,
Seul, contre les dangers affuroit leur afile.
Combien ne vit-on pas s'élever d'ennemis,
Venir de toutes parts inonder leur païs ?
Quelle étoit fa reffource, en fon peril extrême ?
Rome, pour la trouver, la cherchoit en foi-même.
Mais quel étoit fon guide, & qui fut le premier
Pour diriger les pas de ce peuple groffier ?
Il eut, dans la carriere où l'on l'a vû paroître,
Le danger pour école, & le befoin pour maître ;
Le travail le rendit vigilant, courageux,
Induftrieux, actif, toujours victorieux.
Le nom & les exploits de nos vertueux peres,
Par leur bruit ont atteint l'extrêmité des terres.

CATON.

Nous le fçavons, Seigneur.

SCIPION.

                            Quel fatal changement ?
Ce n'eft plus là vertu qui triomphe à prefent.
Eft-il un ennemi digne de notre eftime,
Pour le dompter, il faut que le nombre l'opprime.
Vous le voulez, Caton, il eft donc refolu,

Détruisez au plutôt celle dont la vertu
A reveillé la nôtre, & bien-tôt l'injustice,
La molleffe & l'orgueil introduiront le vice.
N'ayant plus les fecours d'une utile leçon,
Pour fa regle, chacun fuivra fa paffion.
Rome, qui, dans l'ardeur d'une haine fatale,
Veux détruire une ville autrefois ta rivale,
Le tems vient qu'on verra dans l'Empire Romain,
La vertu fans émule & le vice fans frein.

ACTE II.

S C E N E I.

CATON, CLASOMENE, *Gardes Romains.*

C A T O N.

CLafomene, dis-moi, fçais-tu ce que l'on penfe
du Siége de Cartage, & de fa refiftance ;
Renfermée en fes murs, depuis plus de trois ans,
Elle a toujours rendu nos efforts impuiffants.
Rome, qui le croira ! trouve encor difficile,
Après tant de fuccès, de reduire une Ville.

C L A S O M E N E.

Seigneur, vous admirez Cartage fans fecours,
Qui, malgré fes malheurs, nous refifte toujours.
Elle ne craindra point tous les efforts de Rome.

C A T O N.

D'où lui vient fa reffource ?

C L A S O M E N E.

Elle vient d'un feul homme.

Afdrubal eſt lui ſeul ſon appui, ſon repos.
Ce vrai ſang d'Annibal & de tant de Héros,
Merite, dès long-tems, par ſa grande prudence,
De tous les citoyens l'entiere confiance.
Oui ! c'eſt en vain que Rome eſpere aſſujettir
Un peuple que ſon bras empêche de perir.

CATON.

Ton diſcours fait connoître & le mal & la cauſe.
Connois-tu le reméde & ce qui ſe propoſe ?
Claſomene, crois-tu que Cartage aujourd'hui,
Conſente à ſe priver de ſon unique appui ?

CLASOMENE.

Dans l'eſpoir de la paix, la craintive Cartage
Ne refuſera pas ſon plus précieux gage.
Afdrubal eſt rempli de généroſité,
Il conſervera tout, juſqu'à ſa liberté.

CATON.

Ces projets accomplis, dis-moi, quel parti prendre ?

CLASOMENE.

Attendez tout du tems, il ſçaura vous apprendre
Par quels heureux moyens vous pourrez prévenir
Un mal que vous fait craindre un danger à venir.

CATON.

Dans tous ſes grands deſſeins, je craindrois, Claſomene,
De donner quelque atteinte à l'équité Romaine.
Pourquoi faire la guerre à des Peuples ſoumis ?
Accordons-leur la paix.

CLASOMENE.

                        Ils ſont vos ennemis.
Comment ne pas blamer la crainte ridicule,
Fruit d'une probité que corrompt le ſcrupule ?
Votre ennemi, Seigneur, eſt prêt à ſuccomber,
Votre bras voudroit-il l'empêcher de tomber ?
Quoi ! perdrez-vous, pour ſuivre une fauſſe clemence,
Le fruit de vos travaux & de tant de dépenſe ?

Si les Cartaginois étoient victorieux,
S'ils avoient le pouvoir, il en useroient mieux.
C A T O N.
Quelle est notre maxime, en quoi consiste-t-elle ?
Rome sçait pardonner & dompter le rebelle.
C L A S O M E N E.
Cette regle, Seigneur, étoit bonne autrefois.
Comme changent les tems, il faut changer les loix.
Pour la vertu, voici la nouvelle maxime,
Le bon succés peut seul la distinguer du crime.
L'épreuve des vertus étoit l'adverfité,
La vertu sans richeffe, est imbecillité.
Si l'honneur est un don de Minerve ou Bellone,
Plutus nous est plus cher par les biens qu'il nous donne.
Apprehendez, Seigneur, d'être dupe aujourd'hui.
Cherchez votre avantage, & non celui d'autrui.
Voulez - vous, sans égard au salut de l'Empire,
Epargner follement qui voudroit le détruire ?
Cartage cede à Rome & reffent fon pouvoir,
Detruifez fa reffource, ôtez-lui tout efpoir.
Afdrubal vient.

━━━━━━━━━━━━━━━━━━━━━━

S C E N E   II.

ASDRUBAL, HANNON, SCIPION, CATON,
LŒLIE, CLASOMENE, *Gardes Romains.*
Gardes Cartaginois.

A S D R U B A L.
SEigneurs, puifqu'un Dieu moins fevere,
Efface les horreurs d'une cruelle guerre,
Sans doute un faint devoir & votre pieté,
Vous amenent aux pieds de la divinité,
Afin de terminer une vaine querelle,

Jurons fur les Autels , une paix éternelle.
Bannissons toute haine , allons offrir nos vœux ,
Dans un accord commun , pour l'obtenir des Dieux.

CATON.

Seigneur , tous vos desseins font conformes aux nôtres.
On comble nos défirs en contentant les vôtres.
Rome cherche la paix , veut la faire regner ,
Et pour l'assurer mieux , ne veut rien épargner.
Quelqu'un fe plaint-il ? Rome à fon tour veut fe plaindre,
Il eft certain traité que Cartage ofe enfreindre.
Cartage nous trompant , & manquant à fa foi ,
Reçoit les exilés au mépris de la Loi.

ASDRUBAL.

Si j'abandonnai tout en un peril extrême ,
Pour procurer la paix à Cartage que j'aime ,
S'il fallut mon exil, on m'y vit confentir ,
Pour appaifer l'ardeur d'un injufte defir.
Quels ont été les fruits de cette complaifance ?
Pour fignaler fa haine , exercer fa vengeance ,
Rome n'a point d'égard à nos foumiffions ,
Elle fait fous nos murs camper fes legions ,
En vain efperons-nous calmer votre colere ,
Nous vous livrons envain nos inftruments de guerre ;
Nos armes qu'on vous voit élever contre nous ,
Dans vos cruels desseins , fervent votre courroux.
Cartage defarmée , où fera ta deffenfe ?
Mets dans ton défefpoir , toute ta confiance ,
Fais fervir au befoin tes meubles précieux ,
Et cours pour dépouiller jufqu'aux temples des Dieux.
Patrie ingrate , helas ! je t'aime , c'eft mon crime.
Penfoit-on qu'Afdrubal fouffriroit qu'on t'opprime ?
Vous , qui nous accufez de fortir de l'exil ,
Pour courir au fecours de Cartage en peril ,
Venez nous annoncer vos jugements feveres.
Souvenez-vous, Romains, des vertus de vos peres ,

Nos crimes les rendront coupables comme nous ;
Vos terribles Arrêts seront communs à tous.
Vos péres ont aimé, comme nous, la patrie,
Chacun de nous, comme eux , lui confacre fa vie.
Quel modéle , Seigneur , doit mieux être imité ,
Que celui qu'on choifit dans votre antiquité ?

C A T O N.

Les tems n'ont point changé. Rome , par fa conduite,
Signalera toujours fa vertu favorite.
La paix eft le grand bien qu'elle doit defirer ,
Et fes plus grands efforts font pour fe l'affurer.

A S D R U B A L.

Donnez-nous cette paix, & que Rome & Cartage ,
Ne faffent plus qu'un Peuple & qu'un même heritage ;
Que l'on ne trouve après tant de combats divers ,
De limite entre nous que les gouffres des Mers.

S C E N E   I I I.

ASDRUBAL , HANNON , *Gardes Cartaginois.*

A S D R U B A L.

Dans le fâcheux état où Cartage eft reduite ,
   Obfervons les Romains & toute leur conduite.
Dans fa victoire on voit Rome fe prévaloir ,
Et de notre foibleffe & de tout fon pouvoir.
Ses dédains, fa hauteur , fon implacable haine ,
Nous annoncent à tous une perte certaine.
A-t-elle fait la paix avec fes ennemis ,
Finit - elle une guerre , elle fait à quel prix.
Dans les premiers traités , parut-elle facile ?
Elle obtint la Sardaigne , ainfi que la Sicile.
Suivant toujours le cours de fa profperité ,
Nous immolons l'Efpagne à fon avidité ;

Et

Et pour l'injuſte fruit d'une querelle inique ,
Nous lui cedons encor l'Empire de l'Affrique.
En ce funeſte jour , peuple par tout vaincu ,
Dis-moi , quelle victime , hélas ! offriras-tu ?
Pour calmer les deſirs d'une avide ennemie ,
Quels biens , dans nos malheurs , poſſedons-nous ?

H A N N O N.

La vie.

Veut-elle l'exiger , vendons-la chèrement.

A S D R U B A L.

Inutile deſſein , à ce fatal moment.
Les fiers Romains , campés autour de notre Ville ,
Fixent notre valeur , la rendent inutile.
Une orgueilleuſe enceinte offre de toutes parts ,
De redoutables tours , de terribles remparts.
L'impitoyable ſort auquel il faut s'attendre ,
Hélas ! c'eſt de mourir ſans pouvoir ſe deffendre.

H A N N O N.

Quel fier retranchement peut réſiſter , Seigneur ,
Aux courageux efforts d'une rare valeur ?
Je ne propoſe point l'exemple de quelque autre ;
Combien ! n'avez-vous pas de preuves de la nôtre ?
Pouvons-nous oublier ces ſerments ſolemnels ,
Que tous ont prononcés près des ſacrés Autels ?

A S R D U B A L.

Je les ſçais.

H A N N O N.

Penſez-vous à ce grand Sacrifice
Qu'on offrit à Junon , pour la rendre propice ?
Pour ce célébre jour , cent Taureaux deſtinés ,
De bandes & de fleurs , par les Prêtres ornés ,
Sont en pompe conduits ſur la place publique ;
Nous invoquons les Dieux protecteurs de l'Affrique
On vit ſur des Autels , en divers lieux , couler
Le ſang des Animaux qu'on venoit d'immoler.

D

Le Peuple profterné, dans une humble priére,
Offre fes vœux au Ciel, pour calmer fa colère.
Enfuite s'élevant dans un tranfport pieux,
Qu'infpire dans les cœurs la majefté des Dieux,
Grands & petits, chacun, dans fon ardeur, s'anime,
A s'arrofer le fein du fang d'une victime.
Par la réligion du plus facré ferment,
Ils forment tous enfemble un faint engagement.
Tout le Peuple déclare indigne de la vie,
Le lache Citoyen qui manque à fa patrie.

A S D R U B A L.

Puis-je ignorer, Seigneur, les vœux d'un peuple entier,
Un ferment folemnel que j'ai fait le premier ?
Et que dans nos malheurs, pour trouver le reméde,
Chacun voua fa vie, & tout ce qu'il poſſéde.

H A N N O N.

Quels font les Citoyens qui fe font dementis ?
Qui de nous, n'a pas fait plus qu'il n'avoit promis ?

A S D R U B A L.

Les témoins font mes yeux.

H A N N O N.

      Mettons-donc en ufage
L'ardeur qui les infpire, & deffendons Cartage.

A S D L U B A L.

Que de fois j'admirai, dans les plus grands combats,
Les exploits courageux de nos vaillants Soldats !
Souvent aux ennemis ils ont été terribles ;
Oui, Seigneur, leur valeur doit les rendre invincibles.
Mais quel triomphe, hélas ! pouvons-nous obtenir,
Sans repandre du fang, & fans nous affoiblir ?
Dans les fuccès, je crains la dangereufe gloire,
Et les fruits ruineux d'une grande victoire.
Que de fois leurs rempars ont fenti nos efforts,
On en vit auffi-tôt élever de plus forts.
Seigneur, n'efpérons point que Rome enfin nous céde,

Perd-t-elle un bataillon, un autre lui succède.
Que de puissants secours pourra-t-elle puiser
Dans ses vastes états, pour nous mieux écraser ?
D'où vient notre ressource en nous elle consiste.
Cartage en ses besoins, par ses forces subsiste.
Pressés de toutes parts par nos voisins soumis,
La crainte des Romains détourne nos amis.
L'exemple trop fatal de l'infidéle Utique,
Combien est-il funeste à notre république !

H A N N O N.

Manquons-nous de modéle ? imitons nos enfans.

A S D R U B A L.

Pourquoi reveillez-vous des regrets impuissants ?

H A N N O N.

Ils se sont immolés pour leur chere Patrie.

A S D R U B A L.

Ils sont chez les Romains, & je crains pour leur vie,
De quelle part, Hannon, attendre le secours ?
N'appercevons-nous pas ces redoutables tours ?
Ce fatal bâtiment, dont la hauteur surpasse
Notre impuissant rempart, & nos murs qu'il menace;
Pour frayer son chemin, tout va s'assujettir,
Les monts vont s'abbaisser, les vallons se remplir.
Que de fers recourbés, de solives pliantes,
S'apprêtent à lancer des masses foudroyantes ;
Des ressorts retournants à leur premier état,
Viendront remplir les airs de leur bruyant éclat.

H A N N O N.

Leur éclat, que peut-il contre notre courage ?

A S D R U B A L.

Ne craignons point pour nous, craignons tout pour Cartage.
Craignons ces traits ardents s'élevants jusqu'aux Cieux,
Imitants la fureur de la foudre des Dieux.
A deffendre ses murs, Cartage envain s'obstine,

Ah ! nos beliers, Hannon, annoncent leur ruine.

H A N N O N.

Nous faut-il ressentir la rage des Romains ,
Par tous ces instruments , l'ouvrage de nos mains !
Nos grands efforts, Seigneur, feront que leur vengeance,
Eprouvera partout , sa honteuse impuissance.
Assemblons le conseil , & quoique sans secours ,
Pensons à nous défendre en ces malheureux jours.
Si, pour comble à nos maux , pour reparer nos pertes ,
Les Forêts de l'Atlas ne nous font plus ouvertes ,
Nos Temples , nos Palais & leurs Lambris dorés ,
Offrent à nos besoins , des secours assurés.
Et le Senat qui veille au salut de la Ville ,
Dans les moyens , sçaura choisir le plus utile.

S C E N E   IV.

A S D R U B A L *seul* , *Gardes Cartaginois.*

O Destins rigoureux, je suis donc Général ,
Pour être à ma patrie, un instrument fatal !
Pour fruit de mes travaux, de mon inquiétude ,
M'opposerai-je envain contre sa servitude ?
Dans un dernier effort, n'est-il plus de pouvoir ,
Qu'en ce que peut produire un fatal désespoir ?
Rome, dont l'injustice unie à la puissance,
Exerce contre nous une amère vengeance ,
Sans imposer de frein à sa severité ,
Veut nous faire sentir toute sa cruauté.
Doit-on dire que Rome est cruelle & perfide ;
Ajoutons , cette ville est encor plus avide.
Avec quelle fureur la voyons-nous courir
Aux plus riches climats, pour les assujettir ?
Est-il chez ses voisins une guerre nouvelle ,

Elle se joint au foible, embrasse sa querelle ;
Un pouvoir réuni fait tomber le plus fort ;
Le plus foible, à son tour, éprouve un pareil sort.
Que de peuples domptés depuis l'Euphrate aux Gaules,
Amusés follement par de vaines paroles,
Victimes d'une erreur, dans leur état honteux,
Gémissent sous le joug d'un peuple ambitieux.
Rome veut en Affrique aggrandir son empire,
Cartage est un obstacle, elle vient le détruire.

SCENE V.

ASDRUBAL, ARAXONTE, TIRENE, Deux Suivantes.

Gardes Cartaginois.

ARAXONTE.

SEigneurs, que dit Caton, que pensent les Romains?
Seroient-ils envers nous, aujourd'hui plus humains?
Nous cherchons le repos ; la paix, en notre attente,
Après leurs vains sermens, peut-elle être constante ?

ASDRUBAL.

Si ce Peuple, Madame, est un Peuple guerrier,
Puissant ambitieux, il n'est pas moins altier,
Dans les mauvais succès, comme dans la victoire,
A se braver de tout, il met toute sa gloire.
Par de mauvais succès, se vit-il abbatu,
A-t-il jamais cedé, s'avoua-t-il vaincu ?
Un Peuple courageux, sorti de Sequanie,
Connnu par ses exploits dans l'Europe, & l'Asie,
Souvent fut son vainqueur, jamais l'adversité,
Abaissant son pouvoir, n'abaissa sa fierté.
Ce Peuple, le premier de tous ceux de la Gaule,

A foumi Rome, & fit trembler le Capitole ;
Avec quelle hauteur, des vieillards orgueilleux,
Oferent affecter des dedains faftueux.

TIRENE.

De ce Peuple fi fier, & que rien n'humilie
La conduite, jamais s'eft-elle dementie ?
Quoique trois fois dompté, leur orgueil fans égal,
Fit mettre en prix le Camp qu'occupoit Annibal.

ARAXONTE.

A tous ces traits, faut-il qu'une amère penfée
Vienne nous reprocher une faute paffée ?
Hélas ! loin d'accufer des rivaux fi prudents,
On doit blamer plutôt des vainqueurs négligents.
Aux champs de la Trebie, au lac de Trafimène,
Quels coups a reffenti la puiffance Romaine ?
Ce peuple, en quel état, fe trouva-t-il reduit ?
A Cannes, on a cru fon empire détruit.
Dans quel étonnement, Cartage parut-elle,
Entendant annoncer cette grande nouvelle,
Voyant en plein Senat, repandre des boiffeaux,
Depouilles des vaincus, & pleins de leurs anneaux.
Si l'on veut la victoire, il faut que l'on l'achette ;
Sans qu'il coute du fang, peut-elle être complette ?
Pour la mettre à profit, & la mieux affurer,
Elle a fait un ravage, il faut le reparer.
Aux défirs d'Annibal, un parti tout contraire,
S'oppofe, & l'on refufe un fecours néceffaire.
Trop injufte refus, fi funefte à l'Etat.

SCENE VI.

ASDRUBAL, ARAXONTE, TIRÉNE, Un Envoyé du Senat de Cartage.

Deux Suivantes , Gardes Cartaginois.

L'Envoyé du Sénat.

SEigneur, fans différer, rendez-vous au Sénat.

ARAXONTE.

Puifque de vous, Seigneur, notre fort va dépendre,
Penfez bien au parti que le Senat doit prendre.
Penfez que tout un Peuple aimera mieux fouffrir
Le plus cruel trépas, que de s'affujettir.
Pour nos enfants, pour nous, pour la trifte Cartage,
Tout ce que nous craignons, Seigneur, c'eft l'efclavage.
Après notre trépas, qu'apréhendons-nous plus ?
C'eft le cruel affront de paffer pour vaincus.

ASDRUBAL.

Ecoutons le Confeil, apprenons ce qu'il penfe.
Faut-il ufer de force, ou tenter la clemence ?
Je le vois comme vous, en ces tems malheureux,
L'un & l'autre parti, deviennent dangereux.
Dans notre état, craignons nos victoires paffées,
Dans le cœur des Romains, trop vivement tracées.

ARAXONTE.

Surtout n'oubliez pas, qu'il n'eft point de danger,
Comparable aux rigueurs du joug le plus leger.

ACTE III.

SCENE PREMIERE.

CATON, CLASOMENE, *Gardes Romains.*

CLASOMENE.

POurquoi tant differer ? la fureté de Rome ,
Seigneur, qu'exige-t-elle ? Il faut qu'il fe confomme.
Ignorez-vous encor , comment de toutes parts ,
Sur la terre & fur mer , dans la ville , aux remparts ,
Par-tout chacun s'aprête à faire refiftance ,
Loin d'obéir à Rome , on brave fa puiffance.
Romains , vous efpérez contraindre cette fois ,
Cartage defarmée à recevoir vos loix.
Par de juftes confeils , fes armes font les vôtres ,
En fut-elle privée , elle en prepara d'autres.
Tous alloient au travail , & fans confufion ,
L'amour du bien public , formoit leur union.
Les femmes s'occupoient aux pénibles ouvrages ,
Et coupoient leurs cheveux , pour faire les cordages.
Les jardins pleins de fleurs , devinrent des chantiers ,
Et les Temples des Dieux , fervirent d'atteliers.
Tout un peuple , animé par une même envie ,
A facrifié tout , pour fauver la patrie.
La flotte des Romains , envain boucha leur port :
On vit alors l'effet d'un incroyable effort.
Leurs vaiffeaux , pour chercher une mer étrangere ,
Quittent leur élement , & voguent fur la terre.
Quel genie infpira ce peuple en fa fureur ?
Afdrubal le confeille , anime fon ardeur ,

Chacun

Chacun partout le fuit, fe livre à fa conduite.
O vous qui connoiffez ce qu'Afdrubal mérite,
Craignez de voir un jour, ce vaillant Général,
Marcher dans les chemins, que fuivoit Annibal.
Non non, ne laiffez pas d'ennemis en arrière,
La Gaule vous prepare une nouvelle guerre,
L'Efpagne eft peu foumife, & cent peuples divers,
Bientôt s'uniront tous, pour vous donner des fers:

CATON.

Rome l'a refolu, mais Scipion s'oppofe.

CLASOMENE.

Sçavez-vous fes deffeins, & ce qu'il fe propofe ?
A la guerre, un guerrier, comme en fon élement,
Trouve tout fon plaifir, & fon contentement.
Aujourd'hui, Scipion vous fait voir qu'il défire
En conferver la fource, au lieu de la détruire.

CATON.

Je l'apperçois qui vient.

CLASOMENE.

Eloignons, nous, Seigneur.

SCENE II.

SCIPION, LOELIE, *Gardes Romains*.

SCIPION.

APplaudit-on Lœlie, au deffein du Cenfeur ?
Son efprit allarmé d'un danger chimerique,
Fait éclater partout, fa vaine politique.
Cartage eft dans fa bouche, & dans tous fes difcours,
Sa ruine eft l'objet, qui l'occupe toujours.
Rome, que l'injuftice, une fatale haine,
Par un confeil funefte, à ce moment entraine,
Devroit craindre qu'un jour, un tardif repentir
Ne foit l'unique fruit de fon cruel défir.

Par quel destin fatal périt Lacedemone ?
Sa rivale n'est plus, la vertu l'abandonne.
Ses plus fiers ennemis l'attaquerent en vain,
Leur chûte est son écueil, leur ruine sa fin.
Caton a son conseil, vous le sçavez Lœlie !

L œ L I E.

Clasomene est le seul, auquel il se confie.

S C I P I O N.

Cet Esclave affranchi ?

L œ L I E.

                    Dites avec raison,
Le Censeur des Romains, sous le nom de Caton.

S C I P I O N.

Quelle honte pour nous ! que devient notre gloire !
Faut-il voir en ce jour ternir notre victoire ?
Quel changement fatal ! des troupes d'affranchis,
Dans Rome, vangeront tant de peuples soumis.
Deja par leurs conseils, les vertus de nos pères
Abandonnent la place, aux vertus étrangeres.
L'interêt a détruit la générosité.
A la valeur, succede une lâche fierté.
On devient politique, & l'on est sans prudence,
Une crainte servile efface la constance.
L'amour du bien n'a plus qu'une fausse lueur,
Et l'on vit, sans désir du véritable honneur.
Une lâche molesse a détruit le courage.
A sa place, succede un esprit d'esclavage.
Et dans celle qui veut donner à tous la loi,
Hélas ! on ne voit plus regner la bonne foi.
Dans le culte des Dieux, ce qu'on ose introduire,
Au lieu de l'augmenter, ne sert qu'à le détruire.
La fatale injustice, & notre ambition,
Font taire les devoirs de la réligion.
Rendons l'éclat à Rome, à la vertu Romaine,
Eloignons l'affranchi, qu'il retourne à sa chaine.

Rome fui ton génie, ou l'on ne verra plus
Qu'un fordide intérêt, que de fauffes vertus.

L OE L I E.

Seigneur, puifque l'on veut que Cartage periffe ;
Souffrez, pour prévenir l'effet de l'injuftice,
Que l'on lui donne avis des deffeins inhumains
Qui fe forment contre elle.

S C I P I O N.

Ah ! nous fommes Romains,
Penfez-vous aux devoirs qu'impofe la patrie ?
Elle feule commande, & doit être obéie.
Il faut qu'un citoyen fe foumette à fa voix,
C'eft elle, qui peut faire, & revoquer les loix.
Sans fe rendre coupable, on ne peut contredire,
Ni même refifter, à ce qu'elle défire.

L OE L I F.

La devons-nous toujours fervir aveuglément ?
Par fon ordre, opprimer le foible & l'innocent ?

S C I P I O N.

Mon cœur voit dans fon trouble, auffi bien que le vôtre,
D'un côté la patrie, & l'équité de l'autre.
Mais plus j'approfondis, moins je vois la raifon
Qui pourroit difpenfer de la foumiffion.
Quels défordres naîtroient, fi dans les républiques,
On laiffoit un cours libre aux deffeins chimériques
De ces préfomptueux, enflés d'un faux fçavoir,
S'érigeants en cenfeurs du fuprême pouvoir.
Faut-il pour un exemple à la vertu Romaine,
Que je propofe encor Araxonte & Tirene ?
Si le Ciel les admire, il ne s'appaife pas ;
Il les veut deftiner à de plus grands combats.
Leurs biens, leurs chers enfants, les Tombeaux de
leurs pères,
Une foible patrie, & leurs Dieux tutélaires,
Ceux qu'une fainte loi leur ordonne d'aimer,

E ij

Sont les puiſſants objets qui les forcent d'armer,
Pour nous, notre valeur à quoi ſervira-t-elle ?
Ce n'eſt que pour deffendre une vaine querelle.
Lœlie, hélas ! combien notre ſort eſt fatal,
Refuſer d'obéir, ſeroit un plus grand mal.
Vous qui n'ignorez-pas la loi qu'on nous impoſe,
O cieux ! excuſez nous, pardonnez à la cauſe.
Et ne permettez plus qu'un conſeil odieux,
Nous donne un ordre injuſte, & ſi pernicieux.

SCENE III.

SCIPION , CATON, LŒLIE , CLASOMENE ,
Gardes Romains.

CATON.

QUe faiſons-nous ? Seigneur, ſous les murs d'une
          Ville,
Faut-il continuer une guerre inutile ?
Dans Rome l'on ſe plaint de ce retardement,
Le Peuple, le Sénat murmurent hautement.

SCIPION.

Ne vous étonnez plus de tant de reſiſtance,
Cartage ſans reſſource, a fait voir ſa puiſſance.
Dans les déſerts d'Affrique, un fier Lion chaſſé,
Irrité par le fer dont il ſe ſent bleſſé ,
Dans ſa douleur rugit, n'écoute que ſa rage.
Le Chaſſeur craint ſa force, autant que ſon courage,
Il l'évite, il ſe cache, il fuit loin d'aſſaillir
L'Animal en fureur, quoique prêt à périr.
Il faut, pour le dompter, qu'en ſon cœur la nature
S'éteigne par le ſang, que répand ſa bleſſure.
Plus le Lion reſſent l'approche de la mort,
Plus ſon courage éclate en ſon dernier effort.

La rivale de Rome , en fon péril extrême ,
Imite fa fureur , & s'anime de même.
Craignons le défefpoir de ce Peuple irrité,
Et cherchons dans la paix , notre tranquilité.
Cartage la demande.

C A T O N.

Et Rome la fouhaite.
Un feul gage pourroit nous la rendre parfaite.

S C I P I O N.

Quel gage exigez-vous ?

C A T O N.

Rome veut Afdrubal

S C I P I O N.

Vous avez fes enfants , faut-il fon Général ?
Ordonnez-vous , Caton , que Cartage obéiffe ?
Sera-ce cette fois , fon dernier facrifice ?
Si nous avons à cœur , la gloire des Romains ,
Ne nous écartons pas des fentiments humains.
Envers tous les mortels , on doit être équitable ,
Un fang , quoique contraire , eft un fang refpectable.
Veut-on faire couler celui des ennemis ,
Penfons qu'enfin le nôtre en peut être le prix.
Livrés au défefpoir , conduits par leur furie ,
Dévoués à la mort , ils vendront cher leur vie.

C A T O N.

La victoire , il eft vrai , veut fe faire acheter ,
L'évenement fait voir ce qu'elle peut couter.
Elle eft capricieufe , elle eft impatiente ,
Elle ne peut fouffrir une trop longue attente.
Elle aime les combats , & court de rang en rang ,
Pour appaifer fa foif , dans les ruiffeaux de fang.
Si la valeur lui plait , combien de fois la fuite
Envain voulut fouftraire un lâche à fa pourfuite.
Il faut être attentif à des moments heureux ,
Et fe fervir de tout pour en profiter mieux.

Cette fiere Déeffe, à tous fi redoutable,
Se préfente en ce jour, nous devient favorable,
Suivons fes Étendarts.

S C I P I O N.

Produit-elle jamais
De plus gracieux fruits, que les fruits de la paix?
Ces fruits nous font offerts.

C A T O N.

Devons-nous la conclure
Sans penfer aux moyens, pour la rendre plus fûre?
Par trop d'empreffement, nous pouvons nous tromper,
Voulant trop réfléchir, elle peut s'échaper.
Nous ne l'ignorons pas, dans la fiére Cartage,
Le repos a toujours reveillé fon courage.
Craignons pour l'avenir, Seigneur, peut-être un jour,
Les vaincus deviendront nos vainqueurs à leur tour.
Craignons de voir armer la redoutable Affrique,
D'un fer encor fatal à notre république.

SCENE IV.

**ASDRUBAL, HANNON, SCIPION, CATON,
LŒLIE, CLASOMENE,** *Gardes Romains.*
Gardes Cartaginois.

A S D R U B A L.

LEs préfages heureux d'une paix à venir,
Nous ont ranimés tous, par l'efpoir d'en jouir,
Et par un doux accord, bien-tôt deux ennemies,
Banniront pour jamais de vaines jaloufies.
Déja des deux côtés, nous voyons nos Soldats,
Ceffer de s'animer à de nouveaux combats.
Dans cet heureux concert, l'union mutuelle,
Previent tout ce qui peut ranimer la querelle.

Le Peuple est dans la joye, espérant en ce jour,
Trouver dans sa patrie, un tranquile séjour.
Romains, votre équité, remplira notre attente,
Un traité solemnel rendra la paix constante.
C'est aujourd'hui qu'il faut que Rome fasse voir
Ses désirs généreux, & non pas son pouvoir.

CATON.

Rome en tous tems, la cherche, aussi bien que Cartage,
Et pour se l'assurer, exige un nouveau gage.

ASDRUBAL.

Quel gage, pourroit-elle accorder aux Romains ?
Pensez à nos enfants, qui sont entre vos mains.
A quelle fin faut-il, Seigneurs, qu'elle s'attende ?

CATON.

D'obéir.

ASDRUBAL.

Et comment

CATON.

Lorsque Rome commande.

ASDRUBAL.

Mais quel gage ?

CATON.

Asdrubal.

ASDRUBAL.

Qu'exigez-vous de nous ?
Ce gage, cette fois, suffira-t-il pour vous ;
L'ignorez-vous, Seigneur, je ne suis point mon maître,
Cartage, en tous les tems, seule a le droit de l'être.
Seule dans ses besoins, peut me donner la loi,
Seule, elle a le pouvoir de disposer de moi.
Seigneur, ces sentiments me rendent-ils coupable ?
Vous même, accusez-vous, pour un crime semblable,
Si Cartage est l'objet de l'amour d'Asdrubal,
Rome dans votre cœur, trouve un amour égal.

CATON.

J'écoute vos difcours, mais pour toute réponfe,
Cartage, obéiffez.

ASDRUBAL.

Qu'eft-ce qu'on nous annonce ?
Quoi ! ce bras renommé par tant d'exploits divers,
Ne le deftine-t-on, que pour porter des fers ?
Pour vous vanger, Seigneur, avec quelle juftice,
Exigez-vous de moi, ce cruel facrifice ?
Pour toi, chere Cartage, ai-je fui le péril ?
Pour chercher ton repos, je confens à l'éxil.
Je m'expofai par tout, pour ma chere patrie.
Inftruifez-moi, Romains, quelle haine ennemie
Veut exercer fur moi tant de feverité ?
Faut-il finir mes jours dans la captivité ?
Afdrubal, que dis-tu ? quelle frayeur t'anime ?
Non non, ranimons-nous, toute crainte eft un crime.
Soutenons, en tous tems, le grand nom d'Afdrubal,
Et foyons dans nos maux, d'un cœur toujours égal.
Ô Romains, pour l'honneur de votre illuftre empire,
Formez d'autres deffeins.

CATON.

Le Sénat le défire,
On ne peut changer l'ordre.

SCENE V.

ASDRUBAL, HANNON, Gardes Cartaginois.

ASDRUBAL.

Que penfez-vous, Hannon,
Des Arrêts du Sénat, des rigueurs de Caton ?
Vous avez entendu les loix qu'on nous impofe,
Et le prix qu'il veut mettre à la paix qu'il propofe.

HANNON.

HANNON.

N'écoutons point, Seigneur, des discours odieux,
On nous parle de paix, mais pour nous tromper mieux,
Envain on ceda tout, pour éviter la guerre,
Nos armes, nos enfants, l'ont-ils pu satisfaire ?
Dites-moi ? quels vainqueurs cederent aux vaincus ?
Si l'on livre Asdrubal, qu'obtiendrons-nous de plus ?
Alors, que faudra-t-il que Cartage devienne ?
On verra, sur nos murs, bien-tôt l'Aigle Romaine.
Bien-tôt sans votre appui, l'on verra succomber
Celle que votre bras empêche de tomber.

ASDRUBAL.

Si j'ai fait mon devoir, si mon zéle est utile,
Combien de citoyens, dans une grande ville,
Dans l'art de commander, plus habiles que moi,
Rempliront les devoirs d'un glorieux emploi.

HANNON.

Ignorez-vous, Seigneur, quelle est la confiance
D'un infortuné Peuple, & quelle obéissance ?
En tous tems il rendit a vos commandemens,
En imitants leur chef, ils sont tous vigilants,
Votre intrépidité les a faits invincibles,
C'est par votre valeur qu'ils deviennent terribles.
Pensez à votre gloire, & défendez toujours
Ceux dont l'unique espoir est dans votre secours.

ASDRUBAL.

N'en doutez point, Seigneur, je suis toujours le même,
Mon cœur ne change point pour Cartage que j'aime
Après tant de combats, j'apperçois un danger
Dont toute la valeur n'a pu la dégager.
Rome, toujours jalouse, injustement s'obstine
A chercher, sans raison, son entiére ruine.
A quoi bon nous servir d'un trop foible pouvoir ?
A ce moment, la paix est notre unique espoir.
Nous obtiendrons envain victoire sur victoire,

Notre perte fuivroit une inutile gloire.
HANNON.
Croyez-vous vivre en paix fous le joug des Romains ?
Il eft bien des dangers qu'on court entre leurs mains.
Les cruels vengeront fur un fi digne Emule
Le jufte chatiment du perfide Regule.
Tous fçavent leurs excès, & leur avidité,
Eprouva-t-on jamais leur générofité.
Vous connoiffez Caton, craignez un efprit double.
ASDRUBAL.
Je ne vous puis, Seigneur, diffimuler mon trouble,
Je vois des deux côtés un chemin périlleux.
HANNON.
S'il faut choifir, marchons dans le plus glorieux.
ASDRUBAL.
L'eft-il fans être utile ?
HANNON.
                        Un funefte efclavage
Eft donc, pour Afdrubal, le parti le plus fage ?
ASDRUBAL.
J'ai meprifé la mort, les fers ne me font rien,
Pour fauver la patrie, & procurer fon bien.
Elle jouit d'un droit fur tout ce que nous fommes.
On doit avec prudence, en ufer.
HANNON.
                        Quoi ! les hommes,
Par leur mort, feroient-ils un don infuffifant ?
ASDRUBAL.
Veut-on la bien fervir, fervons-la prudemment.
Quels fecours recevroit une foible patrie,
D'un corps couvert de gloire, & privé de la vie ?
Le joug eft plus utile, & ma captivité
Mettra, mieux que mon bras, Cartage en liberté.
HANNON.
Seigneur, fi les Romains, par de vaines paroles,

Donnent, comme autrefois, des promesses frivoles,
Un bras, qui protégea tant de peuples divers,
Peut-il s'assujettir, & supporter les fers ?

ASDRUBAL.

Quelle seroit la fin de ce grand sacrifice ?
Seul, dans ce triste état, je me rendrai justice,
Mon bras, quoique captif, sçaura vanger sur moi,
Mon trop de confiance, & leur mauvaise foi.

ACTE IV.

SCENE I.

ARAXONTE, TIRENE, *Deux Suivantes*,

Gardes Cartaginois.

TIRENE.

ARaxonte, approchez, partagez nos allarmes,
Dans l'excès de nos maux, il faut verser des larmes.

ARAXONTE.

D'où vient cette frayeur ? voit-on de toutes parts,
Les fieres legions attaquer nos remparts ?
Courons tous au combat.

TIRENE.

L'impuissante Cartage,
A toujours éprouvé quel est votre courage.
Inutile secours. Ah ! d'extrêmes rigueurs
Nous feront tous gémir, feront verser des pleurs.
Caton affectoit-il un discours pacifique,
C'étoit pour opprimer le support de l'Affrique.

ARAXONTE.

Quels sont donc ses desseins ?

TIRENE.

Sçavez-vous à quel prix
Nous obtiendrons la paix de nos fiers ennemis ?

ARAXONTE.

Tirene, nos enfants, qui sont en leur puissance,
Sont-ils comptés pour rien ?

TIRENE.

Inutile assurance.

ARAXONTE.

Qu'éxige-t-elle encor ?

TIRENE.

Elle veut Asdrubal.

ARAXONTE.

Notre seule ressource.

TIRENE.

Par un ordre fatal,
Le Sénat l'a prescrit, Caton nous le commande.

ARAXONTE.

Sans fremir, souffre-t-on cette étrange demande ?

TIRENE.

O désirable paix, faut-il, pour t'obtenir ,
Qu'à des ordres si durs, il nous faille obéir.

ARAXONTE.

Le voulez-vous, grands Dieux, qu'un destin implacable
Augmente, à chaque instant, le mal qui nous accable.
Pour délivrer Cartage, & pour la racheter,
Sera-ce là le prix qu'il nous en doit couter ?
Un époux dans les fers, ou la patrie en guerre,
C'est ce que vient offrir le sort toujours severe.
Ah ! faut-il qu'en ce jour, un orgueilleux vainqueur,
S'éleve contre nous, avec tant de hauteur ?
Que répond Asdrubal ? peut-il être insensible
A tout ce qu'a d'injuste un ordre si terrible ?

T I R E N E.

Ce coup eſt a ſon cœur, plus cruel que la mort,
Mais il gémit ſur nous, ſans déplorer ſon ſort.

A R A X O N T E.

Puiſque avec Aſdrubal, Araxonte eſt unie,
Par des nœuds qu'ont formés l'amour & la patrie,
Si l'eſclavage peut prevenir le danger,
Entre Aſdrubal & moi, je veux le partager.
Qu'eſt-ce que dit le Peuple, & que le Sénat penſe?

T I R E N E.

Hannon vous l'apprendra; je le vois qui s'avance.

SCENE II.

HANNON, ARAXONTE, TIRENE,

Deux Suivantes, Gardes Cartaginois.

A R A X O N T E.

S Eigneur, approchez-vous, venez-vous pour calmer
L'amertume du mal qui vient nous allarmer?
Eſt-il vrai, dans les maux dont le Ciel nous afflige,
Que pour les augmenter l'injuſte Rome exige,
Sans rougir des excès de ſa ſévérité,
Que le grand Aſdrubal cede ſa liberté?

H A N N O N.

Ah! j'en fremis encor.

A R A X O N T E.

Loin de donner ſa vie,
Veut-il porter des fers pour ſauver ſa patrie?
Connoit-il le péril?

H A N N O N.

O deſſein mal conçu!

ARAXONTE.

Cieux ! qu'eſt-ce que j'entens ! l'auroit-il reſolu ?

HANNON.

Sans craindre le danger, il le veut, il s'obſtine,
Cherchant notre repos, il court à ſa ruine.

ARAXONTE.

Perſonne à ſon deſſein, n'oſe-t-il s'oppoſer ?

HANNON.

Il reſiſte aux raiſons qu'on vient lui propoſer.
Il veut éprouver tout, tout obſtacle l'irrite.

ARAXONTE.

Qui pourroit approuver cette étrange conduite ?

HANNON.

Le Sénat aſſemblé contredit, mais en vain,
Il reſiſte avec force.

ARAXONTE.

         O funeſte deſſein !
Dans les plus heureux tems, lui, dont l'obéiſſance
A reſpecté toujours la ſuprême puiſſance,
N'a-t-il plus aujourd'hui la noble paſſion
D'autoriſer les loix par ſa ſoumiſſion.

HANNON.

Cette affaire au conſeil, vivement combattue,
Après de longs débats, eſt ainſi reſolue.
Tout le Sénat s'oppoſe, & lui fait voir ſon tort,
Mais on laiſſe Aſdrubal, le maître de ſon ſort.

ARAXONTE.

Le Peuple, que dit-il ?

HANNON.

         Il ne veut point l'entendre.
Il s'oppoſe toujours.

ARAXONTE.

         Hannon, ſans plus attendre,
Allez, par vos diſcours, combattre ſon eſprit,
Qu'il voye en nos malheurs, l'erreur qui le ſéduit.

Afin de l'ébranler , remontez à la source ,
Faites-lui voir d'abord , un Peuple sans ressource ,
Privé de ses conseils , & sans guide aux combats ,
Qui , sans un Asdrubal , ne resistera pas.
Exposez à ses yeux , les tems les plus severes ,
Nos enfants dans les fers , les tombeaux de nos Péres ,
Nos Dieux qu'on nous ravit , leurs temples profanés ,
Faites voir à quels maux nous sommes destinés.
Nos citoyens errants , nos vieillards sans azile ,
Nos palais renversés , la chute de la ville ,
Nos remparts abbatus , des Soldats furieux ,
Ce qu'épargne le fer , devoré par les feux.
D'implacables vainqueurs s'empresser à détruire
Jusques aux fondements de notre illustre empire.
Et pour mieux faire voir leur inhumanité ,
Ne laisser rien de nous à la postérité.
Montrez-lui les dangers d'un tems si difficile ;
L'inconstance de Rome , & sa foi trop fragile ;
Qu'il connoisse combien elle a trompé de fois ,
Par tous ses faux serments , les Peuples & les Rois.
Moi , je veux l'ébranler par de vives allarmes ,
J'attaquerai son cœur par de plus douces armes.
Cruel , ne veux-tu point t'accommoder aux tems ,
Je vais , pour te combattre , opposer tes enfants.
Romains , apprehendez la fureur d'Araxonte ,
Et si le feu vangeur , qui fit périr Sagunte ,
Embrase ma patrie , attendez-vous , Romains ,
Que le premier tison partira de mes mains.
Et mes enfants , malgré leur foiblesse & leur âge ,
Sçauront combattre un pere , & mourir pour Cartage.

T I R E N E.

Généreuse Araxonte , hélas ! que dites-vous ?
Que de maux peut produire un impuissant courroux.
Pensez-y.

ARAXORTE.

Quoi ! souffrir que dans Rome on publie ,
Que la Reine des mers , par leurs mains est périe.

SCENE III.

TIRENE, UNE SUIVANTE , *Gardes Cartaginois.*

TIRENE.

Cieux ! puisque la vertu nous ouvre les chemins
Qui peuvent élever jusqu'à vous les humains ,
Ne l'abandonnez pas , vous la voyez paroître ,
Qui ne l'admire point , ne veut point la connoître.
Des vertus d'Asdrubal , un peuple imitateur ,
Docile à ses conseils , & semblable en valeur ,
Ne veut point consentir que ce héros s'expose
Sous un joug odieux , pour soutenir sa cause.
Il ne s'en trouve aucun qui ne veuille tenter
Le péril le plus grand afin de l'exempter.
Pour délivrer ses mains , qu'on veut charger de chaînes,
Chacun d'eux se présente , & vient offrir les siennes.
Asdrubal & le peuple en leurs combats divers ,
S'ils disputent entr'eux , c'est pour porter des fers.
Mais , quel est le chemin qu'Araxonte veut suivre ?
Son regret est mortel , loin d'y vouloir survivre ,
Craignant pour Asdrubal un état si honteux ,
Elle appelle au secours , & la terre & les cieux.
La vertu vient du Ciel , puisqu'il la favorise ,
Peut-il abandonner celle qu'il autorise ?
O Cieux ! protégez-nous.

SCENE IV.

SCENE IV.

ASDRUBAL, HANNON, TIRENE,
UNE SUIVANTE.

Gardes Cartaginois.

TIRENE.

O Généreux Héros !
Si dans la paix, Cartage a cherché son répos,
Elle espera, pour fin d'une vaine querelle,
Jurer sur les Autels une paix éternelle.
En quel état, Seigneur, ce peuple est-il reduit ?
Il connoit, mais trop tard, l'erreur qui l'a séduit.
Chacun sent en son cœur, la douleur la plus vive,
Et pensant à vos fers, croit Cartage captive.

ASDRUBAL.

Parmi les maux que cause un implacable sort,
Sans secours, sans espoir, qu'attendrons-nous ?

TIRENE.

La mort.
Elle rompt les liens, finit la servitude,
Calme tous les regrets, & toute inquiétude.
Par ses aveugles coups, les vainqueurs confondus,
Sont dans les sombres lieux, réunis aux vaincus.

SCENE V.

ASDRUBAL, HANNON, ARAXONTE, TIRENE,
DEUX ENFANTS D'ASDRUBAL,

Deux Suivantes, Gardes Cartaginois.

ARAXONTE.

Dans les transports que cause une allarme effrayante,
  Quel odieux objet à mes yeux se présente ?
Araxonte a cru voir ce fameux Général,
Son généreux époux, le vaillant Asdrubal.
Nous nous trompons, hélas ! ce guerrier intrépide,
A ce moment, n'est plus qu'un lâche, qu'un timide,
Qui, loin de s'opposer aux efforts des Romains,
Se soumettant au joug, se livre entre leurs mains.
Cartage infortunée, où sera ta défense ?
Puisque ton Général se rend sans resistance,
Il faut porter des fers, puisqu'on voit ce guerrier
Ceder, honteusement les porter le premier.
Après tant de travaux, notre gloire passée
Sera-t-elle en un jour, pour toujours effacée !
Trop rigoureux destins, me reservates-vous,
Pour unir Araxonte au sort d'un lâche époux ?
Sang du grand Annibal, tu n'es donc plus le même ?
Tu n'as plus de retour, pour un peuple qui t'aime.
Souvenez-vous, Seigneur, de vos vaillants ayeux,
Concevez des desseins qui soient plus dignes d'eux.
Retournez au secours de Cartage outragée,
Appaisez les regrets d'une épouse affligée.
Faites que votre exemple apprenne à vos enfants,
Qu'un noble cœur resiste à la rigueur des tems.
Pourrez-vous consentir que la triste Cartage,

Pour tous biens, soit réduite aux fers, à l'esclavage.
Dans le besoin, Seigneur, ne nous rebutez pas,
Voyez vos deux enfants qui vous tendent les bras.
Si pour notre défense Araxonte vous prie,
C'est pour elle, & pour eux, & pour votre patrie.

ASDRUBAL.

Que de rigueurs, O Ciel ! nous faut-il ressentir.
Araxonte, cessez, vous me faites gemir.
O triste destinée, ô sort impitoyable,
Pourquoi mets-tu le comble, au regret qui m'accable ?
Patrie, épouse, enfants, ceux que je dois aimer,
Un cruel ennemi voudroit les opprimer.
Hélas ! que n'a pas fait ce bras pour les défendre ?
Envain, à ce moment, j'ose encor l'entreprendre.
J'apperçois les Romains campés de toutes parts,
Leurs fiéres légions entourent nos remparts.
Et pour mettre le comble aux maux de cette ville,
Leurs vaisseaux ont rendu notre flotte inutile.
La mer ne fournit point ces secours étrangers,
Notre unique ressource au milieu des dangers.
Contre nos ennemis, la resistance est vaine,
Chaque instant nous annonce une perte certaine.

ARAXONTE.

Seigneur, s'il faut ceder à la rigueur du sort,
Allons mourir ensemble.

ASDRUBAL.

        En attendant la mort,
Notre patrie exige un nouveau sacrifice,
Hatons-nous de le faire avant qu'elle périsse.

ARAXONTE.

Que pouvons-nous, Seigneur ?

ASDRUBAL.

        Par ma captivité,
Peut-être, mettrons-nous Cartage en liberté.

ARAXONTE.
Comment vivre , & souffrir un honteux esclavage ?
ASDRUBAL.
Je ne suis point à moi , je suis tout à Cartage.
Nous devons à l'Etat , nos grandeurs , & nos biens ,
Quels biens , lui donnons-nous , sans lui donner les siens ?
Mon Sang est inutile , en ce besoin extrême ,
Il faut porter le joug , pour Cartage que j'aime.
Il est vrai , l'esclavage , Araxonte , est honteux ,
Lorsqu'il faut la servir , il devient glorieux.
Ce seul moyen pourra préserver la patrie ,
Prevenir mes regrets à la fin de ma vie.
Je puis mourir content , mais je veux éprouver ,
Si mourant en captif , je pourrai la sauver.
Enfants qui m'êtes chers , vertueuse Araxonte ,
Ne me reprochez point , ni mon joug , ni ma honte.
Je perds la liberté , mais ce n'est que pour vous.
Cieux ! faites que mes fers soient utiles à tous.
ARAXONTE.
Parmi tant de regrets voulez-vous que je vive ?
De grace , permettez qu'Araxonte vous suive.
ASDRUBAL.
Vous l'espérez envain , Caton ne veut que moi.
Vivez , passez vos jours dans un plus doux emploi,
Elevez les enfants d'un infortuné pere ;
Conservez à Cartage un secours nécessaire.
Hannon ; & vous Tirene , en ses pressants besoins ,
Notre triste patrie attend tout de vos soins.
HANNON.
Quoi ! le sage Asdrubal seroit assez facile !
Pour mettre son espoir en une foi fragile !
TIRENE.
Peut-on cesser de craindre , & pour vous & pour nous ,
Si nous sommes trompés , Seigneur , que ferez-vous ?

ASDRUBAL.

Ce bras manquera-t-il de force & de courage ,
Jusqu'à souffrir envain les fers & l'esclavage ?
Parmi tant de malheurs , si mon rigoureux sort
Ne présente à mes yeux que les fers ou la mort ,
Asdrubal ne vient pas amerement se plaindre ,
Les maux les plus cruels ne le feront point craindre ,
Les opprobres des fers seront comptés pour rien ,
Si c'est pour la patrie, & pour son plus grand bien.
Cartage est son objet , il veut tout entreprendre .
Et ne rien épargner afin de la deffendre.
O vous ! Dieux , qui regnez dans les Cieux , sur les mers ,
Nos puissants protecteurs en cent périls divers ,
Pour délivrer Didon d'une main ennemie ,
Vous lui fites quitter Tyr & la Phœnicie ;
Votre bras qui guidoit nos fugitifs ayeux ,
Leur traça le chemin qui conduit en ces lieux.
Vous nous fites regner sur de vastes Provinces ,
Vous nous avez soumis de redoutables Princes.
Quel peuple sur la terre ignora notre nom ?

HANNON.

Ces tems peuvent revivre.

ASDRUBAL.

　　　　　　　　Ils ne sont plus , Hannon.

HANNON.

Si nous raignons pour nous les fers & l'esclavage ,
On voyoit autrefois , comme aujourd'hui Cartage ,
Après de longs combats , Rome prête à périr.

ASDRUBAL.

Par nos discordes , Rome a sçu se garantir.
Des tems plus rigoureux effacent notre gloire.
Tous les Romains ensemble usent de la victoire.
Dans nos foibles remparts , notre empire reduit ,
Sera dans peu de tems entiérement détruit.
C'est à ce coup qu'il faut ceder à leur puissance.

Est-il une reſſource, elle eſt dans leur clemence.
Dieux protecteurs ! le Ciel a-t-i abandonné,
Dans ce péril extrême, un peuple infortuné ?
Vous fut-il peu ſoumis, commit-il quelque crime ?
Aſdrubal vient s'offrir lui-même pour victime.
Inſpirez-le du moins, & qu'il puiſſe aujourd'hui
Servir d'un ſage guide au peuple qu'il conduit.
Nous éloignerons-nous des tombeaux de nos pères ?
Irons-nous habiter des terres étrangeres ?
Faut-il que j'encourage un grand peuple à ſortir
D'un lieu qui nous eſt cher pour retourner à Tir ?
Nos ancêtres ont fui du ſein de cette ville,
S'ouvrira-t-il encor pour nous ſervir d'azile ?
Que je vois d'ennemis, & d'obſtacles divers,
S'élever ſur la terre, & dans de vaſtes mers !
Irons-nous ſignaler un impuiſſant courage ;
Les armes à a main périr avec Cartage ?
Ou courir les hazards d'une inconſtante foi,
Nous fier aux Romains, en recevoir loi ?
L'un eſt plus courageux, mais conſervant ma vie,
Peut-être je pourrai préſerver ma patrie.
Vivons, puiſqu'il le faut, pour nos chers Citoyens,
Renonçons aux grandeurs pour de honteux liens.
Allons porter des fers, & vivre en ſervitude,
En ſupportant le joug, dans mon inquiétude,
J'inſtruirai nos enfants, & pour les mieux ſervir,
Mon exemple pourra leur apprendre à mourir.

T I R E N E.

Aſdrubal voudroit-il, en s'immolant lui-même,
Donner ſa liberté pour un peuple qu'il aime ?
Généreux ſacrifice, on verra l'univers,
A jamais admirer Aſdrubal dans les fers.
Si Rome dans ſa haine & toujours obſtinée,
N'adoucit les rigueurs de notre deſtinée,
Cieux ! rompez ſes liens, calmant votre courroux,

Rendez-le à sa patrie, & qu'il meure avec nous.

ARAXONTE.

Chers enfants, qu'aujourd'hui des mains trop inhumaines,
Dans Rome font gémir sous de honteuses chaînes,
Armez-vous de courage, & qu'un fier ennemi,
Sçache que votre cœur n'est point assujetti.

ACTE V.

SCENE PREMIERE.

CATON, CLASOMENE, *Gardes Romains.*

CATON.

L A treve est à ses fins, reprendrons-nous les armes
Pour éprouver encor de nouvelles allarmes ?
Cartage consent-elle à livrer Asdrubal ?

CLASOMENE.

Tout se soumet à vous, jusqu'à son Général.

CATON.

Puisque un si noble gage à présent nous assure,
La guerre va finir, & la paix se conclurre.

CLASOMENE.

Ah ! quelle est votre erreur ! quoi, Seigneur, le passé,
Dans l'esprit d'un Romain pourroit être effacé !
Envain votre victoire abbaisse une rivale,
Dans ses vastes désirs, elle est toujours égale.
Rome a-t-elle esperé vivre dans le repos ?
Pensez combien Cartage a produit de Héros.
Vous la privez d'un seul, elle en éleve d'autres.
Combien tous ses enfants sont differents des vôtres !

Pleins d'une noble ardeur, ils fuivent des chemins
Qu'ont tracés autrefois les vertueux Romains.
Sa puiffance eft connue, on ignore fa fource ;
On la vainquit fur terre, & l'eau fut fa reffource.
Cette ville établie au rivage des mers,
Raffemble les tréfors de cent pays divers.
Cartage ne craint rien, fi l'on ne la traverfe,
En la privant des fruits d'un floriffant commerce.
Non, les Cartaginois ne peuvent fe dompter.
Ordonnez-leur, Seigneur, qu'ils aillent habiter
Des climats éloignés, & dans un autre azile,
Etablir loin des mers une nouvelle ville.

C A T O N.

Penfe-tu que Cartage y veuille confentir ?

C L A S O M E N E.

Youv avez tout pouvoir, faites-vous obéir,
Privez-la d'Afdrubal, alors fans refiftence,
Tous viendront reconnoitre & Rome & fa puiffance.

S C E N E II.

SCIPION, CATON, LOELIE, CLASOMENE,

Gardes Romains.

S C I P I O N.

Nos vœux font accomplis, nous voyons approcher
La paix tant défirée, & ce moment fi cher,
Qui doit mettre une fin à tant de jaloufies,
Réunir pour toujours deux villes ennemies.
Cartage eft défarmée, & fa foumiffion
Vous rend maitre aujourd'hui de fa condition,
Nous devons nous fier à ce feul témoignage,
Afdrubal eft offert pour délivrer Cartage.
L'ennemi fe préfente, il vient fe réunir,

Ne

Ne le rebutons pas, contentons son défir.
Ah ! je vois Afdrubal, quoi ! cette circonftance,
Par fes rigueurs ne peut alterer fa conftance.
Sçait-il qu'à l'efclavage il dirige fes pas,
Je le vois plein d'ardeur comme dans les combats.

SCENE III.

ASDRUBAL, HANNON, ARAXONTE, TIRENE,
Deux enfants d'Asdrubal, deux Suivantes,

Gardes Cartaginois.

SCIPION, CATON, LŒLIE, CLASOMENE,
TUBERON, *Gardes Romains.*

ASDRUBAL.

ROmains, un peuple entier vient vous demander grace;
Regnez fur l'univers, il vous cede la place.
Généreux Scipion, vous vites Annibal
Former des vœux pareils dans un état égal.
Si vous eutes alors égard à fa priére,
Serez-vous envers nous, aujourd'hui plus fevere ?
Caſſez d'être irrité contre un peuple foumi
Traitez-le à l'avenir comme un nouvel ami.
Mettons fin à la guerre, & calmons les allarmes
De Cartage qui cede, & qui vous rend les armes,
Elle reſſent aſſez quel eſt votre pouvoir ;
Ne mettez point le comble à notre défefpoir.
Gardez-vous de ternir une immortelle gloire,
Que doit vous procurer une entiere victoire:
Voulez-vous mettre à prix notre tranquilité,
Tout fe livre en vos mains, jufqu'à ma liberté.
J'offre plus qu'Annibal, pour Cartage que j'aime,
Je viens m'offrir. Non j'offre encor plus que moi-même,

H

Voyez tous ces amis , ces généreux parents ,
Ma patrie , une épouse & de tendres enfants.
Tous ne me font plus rien , pourveu qu'enfin je puisse
Voir Cartage cueillir les fruits du sacrifice.
Puisqu'il faut les quitter , Romains , apprenez-moi
A quel prix vous voulez leur imposer la loi.

A R A X O N T E.

Vous exigez , Seigneur , un si précieux gage ,
Qui de vous à son tour doit nous servir d'otage ?

C A T O N.

La demande resiste aux ordres du Sénat.

A R A X O N T E.

O Ciel ! soyez sensible à notre triste état.
Seigneur , sera-ce ainsi qu'il faudra se soumettre ?
Pour adoucir son joug , voulez-vous bien permettre
Qu'Araxonte partage avec lui ses liens ,
Et qu'elle puisse unir ses regrets , & les siens.

C A T O N.

Non non , ce n'est point vous que le Sénat demande.

A S D R U B A L.

Puisqu'il faut satisfaire à ce qu'il nous commande ,
Nous rendrons-nous à vous sous un présage heureux,
Le Héros que j'imite est un de vos ayeux.
Vous admirez toujours Curtie au fond d'un gouffre ,
Je fais plus aujourd'hui pour Cartage qui souffre.
Asdrubal qui s'expose à des tourments divers ,
Vivant captif , mourra chaque jour dans les fers.
Vous le voulez, Romains, pour ma chere patrie ,
Je vais sacrifier encor plus que ma vie.
Cartage , hélas ! ce glaive autrefois ton appui ,
Pour te donner la paix , je le cede aujourd'hui.
Romains, ne rendez pas nos espérances vaines ,
Faites qu'entre vos mains il detruise les haines.
Patrie , épouse , enfants , votre espoir est aux Dieux ,
Dans ces grands protecteurs qui regnent en ces lieux.

A R A X O N T E.

A notre honte, ô Ciel ! faut-il que je furvive ?
Le Sénat ne veut point qu'Araxonte vous fuive.
L'efclavage vous plait, vous le voulez choifir,
Vous vivrez dans les fers, & moi j'irai mourir.

C A T O N.

Peuple, par-tout vaincu, fi le Sénat s'offenfe,
Ne nous accufez point, blamez votre inconftance.
Loin que Rome vous traite avec feverité,
Dans fes ordres, louez fa générofité.
Cartaginois, fouvent & foumis & rebelles,
Rome, pour prevenir de nouvelles querelles,
Vous permet de chercher une autre région,
Pour fixer loin des mers votre habitation.
C'eft l'ordre du Sénat, faites choix d'un azile
Où vous puiffiez conftruire une nouvelle ville.

A R A X O N T E.

En rendant notre fort pour toujours malheureux,
Voulez-vous, ô Romains ! paffer pour généreux ?
Alors que pourra faire un peuple fans deffenfe ?
Chaque voifin viendroit blamer fon impuiffance.
Craintifs, abandonnés, fans amis, fans fecours,
Serons-nous de Cartage, exilés pour toujours ?
Rome fi généreufe & toujours équitable,
Loin d'adoucir nos maux, eft-elle inéxorable ?
Contentez-vous, Seigneur, des palmes, des lauriers,
Et nous laiffez auprès de nos triftes foyers.
Tout fe foumet à vous.

C A T O N.

　　　　　　　Qu'on détruife Cartage

H A N N O N.

Afdrubal, nos enfants vous font-ils un vain gage ?
Privés de tout fecours, Seigneur, que pouvons-nous ?
Quel eft notre pouvoir, & qu'aprehendez-vous ?
Il ne nous refte rien en Europe, en Affrique,

Notre empire est reduit à notre republique?
Accordez-nous ce trait de générosité,
Laissez ce monument à la posterité.
Pardonnez à Cartage.

CATON.

              Il faut qu'on la détruise,

TIRENE.

Ne vous est-elle pas entiérement soumise ?
Son peuple est à vos pieds , il vient vous supplier.

SCIPION.

Sera-ce en vain , Seigneur , si je viens vous prier ?
Quitteront-ils leurs Dieux , les tombeaux de leurs pères ,
Pour aller habiter des terres étrangeres ?
Cessez , Caton, cessez , ne persecutez plus,
Une ville où l'on voit regner tant de vertus.
Loin de la proteger, avec quelle justice ,
Exigez-vous , Seigneur , que Cartage périsse ?
Son éclat a passé , vous la craignez en vain ,
Vous avez le pouvoir de lui donner un frein.
Faut-il la reprimer , vous avez en Affrique ,
Les Numides sur terre , & sur la mer Utique.

CATON.

C'est l'ordre du Sénat.

ARAXONTE.

              Ne perdons plus le tems.
Rendez-nous Asdrubal , rendez-nous nos enfants ,
Apprenez-leur du moins que leur chere patrie ,
Succombant sous vos coups , leur demanda leur vie.
Qu'exposée aux rigueurs , d'un funeste pouvoir ,
Sa ressource ne fut que dans son désespoir.
Loin de souffrir le joug de leurs injustes maîtres ,
Qu'ils doivent imiter leurs vertueux ancêtres.
Romains , l'unique lieu que nous voulons choisir ,
C'est le sein de Cartage , où nous allons mourir.

S C E N E   I V.

SCIPION , CATON , ASDRUBAL , LŒLIE ,
CLASOMENE, TUBERON, *Gardes Romains.*

S C I P I O N.

CEnſeur , que faites-vous ? par un ordre ſevere ,
Verrons-nous éclater une vengeance amere ?
Et par la cruauté des plus grands châtiments ,
Pourquoi faire en un jour périr tant d'innocents ?
Le parti le plus doux eſt toujours plus utile.
Vous avez tout pouvoir , épargnez cette ville.

C A T O N.

Quoi ! nos malheurs paſſés , leur triſte ſouvenir ,
Ne vous font point , Seigneur , trembler pour l'avenir ?
Penſez à la Trebie , à Cannes , Traſimene ,
Oui ! Cartage en ce jour en ſouffrira la peine.
Afin que ſon exemple apprenne cette fois ,
Aux peuples peu ſoumis à reſpecter nos loix.
O vous , Dieux tout-puiſſants , potecteurs de Cartage ,
Si Rome en ce grand jour vient venger ſon outrage ,
Ne vous offenſez point d'une ſeverité ,
Juſte punition de ſa témérité.
Venez pour occuper un ſéjour plus tranquile ,
Quittez , il en eſt tems , celui de cette ville.
Rome veut vous placer parmi ſes immortels ,
Dans ſes Temples bruler l'encens ſur vos Autels.
Dans ſon triomphe offrir de nouveaux ſacrifices ,
Et celebrer des jeux pour vous rendre propices.
Nous vous évoquons tous , Dieux des cieux , Dieux des
          mers ,
Implacable Pluton , puiſſant Dieu des enfers ,
Vous lugubres Eſprits , impitoyables Ombres ,

Manes , Divinités qui regnez aux lieux sombres ,
Repandez sur ce peuple un esprit de terreur ,
S'aveuglant sur son sort , qu'il courre à son malheur.
Venez tous occuper dans nos Temples , vos places ,
Ecartez loin de nous les ameres disgraces ,
Livrez nos ennemis à leur mauvais destin.

S C E N E   V.

SCIPION , CATON , ASDRUBAL , LŒLIE ,
CLASOMENE , TUBERON , SEPTIME ,

Gardes Romains.

S E P T I M E.

SEigneurs , enfin le siége est proche de sa fin.
Plusieurs Soldats sans chef ont occupés Megare ,
Pour un dernier assaut par-tout on se prépare.
Cartage va périr & nos fiers ennemis
Seront tous à vos loix dans peu de tems soumis.
S'ils combattent encor, leur foible resistance
Fait voir à nos guerriers quelle est leur impuissance.
Privés du vaillant chef qui les a défendus ,
Ils viennent opposer d'inutiles vertus.
Contre notre valeur la flame est leur barriere ,
Dejà leur avant-mur est reduit en poussiere.
Byrse qu ise prepare à son dernier effort ,
N'a que son désespoir pour prevenir son sort.

SCENE VI.

ARAXONTE, Ses deux Enfants, une Suivante, SCIPION, CATON, ASDRUBAL, LŒLIE, CLASOMENE, TUBERON, SEPTIME,

Gardes Romains.

ARAXONTE, *du haut d'une Tour de Cartage.*

Vous triomphez, Romains, c'est dans cette journée
Que votre ambition, doit être couronnée ;
Cartage va périr ; après ce coup fatal,
Peuple par-tout vainqueur, tu feras sans égal.
Sans crainte, tu pourras exercer l'injustice,
Opprimer la vertu, faire regner le vice.
Pour dompter l'univers & lui donner la loi,
Trompe par tes serments, & viole ta foi.
O Cieux ! exaucez-nous, & vengez notre outrage.
Oui ! Rome doit nourrir les vengeurs de Cartage.
Je vois aigle contre aigle, & déja les Romains,
Autrefois vertueux, deviennent inhumains.
Quel flambeau j'aperçois au centre de l'Empire,
Rome verse son sang, & son sein se déchire.
Les haines, l'injustice & la proscription
Portent de toutes parts la désolation.
Romains, on vous verra souffrir les uns les autres,
Des maux aussi cruels, mais plus longs que les nôtres.
Gardez-vous d'oublier, vainqueurs toujours pieux,
D'élever parmi vous des Autels à nos Dieux.
Quand vous triompherez, offrez-leur des victimes,
Afin qu'ils soient un jour protecteurs de vos crimes.
Les esprits immortels, font-ils ainsi séduits ?
Ne penseront-ils plus à leurs Temples détruits ?

O Dieux ! juſtes vengeurs, livrez-les aux furies ;
À tous les châtiments reſervés aux impies.
Rome, on te privera, pour tes crimes divers ;
D'un ſceptre qui donnoît des loix à l'univers.
Et toi, Cenſeur, choiſi pour reprimer le vice,
Toi qui fais triompher la fraude & l'injuſtice ;
De funeſtes ſerpents armés contre un Caton,
Dechireront le cœur du dernier de ton nom.
Pour vous, digne Romain, auteur involontaire,
Inſtrument, malgré vous, d'une fatale guerre,
Puiſſiez-vous éviter les extrêmes malheurs,
Que prepare le Ciel pour punir ſes auteurs.
Ambitieux guerriers, vous dont la main avare
Eſpere s'enrichir dans Byrſe, dans Megare,
Vous ne ravirez point nos meubles précieux ;
Ils feront avec nous bientôt reduits en feux.
Illuſtres Généraux, déſireux de la gloire ;
Triomphez, mais quels fruits vous offre la victoire,
Aucun Cartaginois ne doit ſuivre vos chars,
Faudra-t-il qu'un trophée orne vos Etendarts ?
En place des tréſors, que l'on vous voit attendre,
Venez pour vous charger d'une inutile cendre.
Vous chercherez en vain nos précieux métaux ,
Ils n'exiſteront plus que dans le fond des eaux.
Au lieu de notre flotte, il n'eſt plus que les reſtes
D'un feu qui ſe nourrit de ſes débris funeſtes.
Epoux infortuné, généreux Aſdrubal,
Pourquoi craindre pour nous, l'horreur d'un jour fatal ?
Hélas ! qu'eſt devenu ton courage intrépide ?
Falloit-il ſe fier à ce peuple perfide ?
Pourquoi ne pas mourir avec la liberté ?
Je meurs, & je te vois dans la captivité.
Te verra-t-on chargé d'une honteuſe chaine,
Seul de nos Citoyens, ſuivre l'Aigle Romaine ?
Trompé par leurs ſerments, lâche, ſouffriras-tu
                              Qu'Aſdrubal

Qu'Afdrubal foit le feul que Rome aura vaincu ?
Je l'apperçois de loin, le cœur rempli de honte.
Regarde tes enfants, ta fidele Araxonte,
Les perfides Romains ne les tromperont pas.
Je ferai leur compagne, & leur guide au trépas.
Loin qu'ils aillent fouffrir un honteux efclavage,
Ils mourront dans mon fein, dans celui de Cartage.
Mes chers enfants, bravons nos injuftes vainqueurs,
Efperons que les Dieux deviendront nos vengeurs.
Venez pour imiter l'exemple d'une mère,
Et fervez de reproche aux lâchetés d'un père.
Voici l'inftant fatal, qui nous vient feparer,
Allons, courons au feu qui doit nous dévorer.

CLASOMENE.

Ah ! Seigneur, j'apperçois Afdrubal qui nous quitte.

CATON.

Hâtez-vous, Clafomene, & courez à fa fuite.
Par fa grande valeur, il peut en ce danger,
Nous ravir la victoire, & la faire changer.

SCENE VII.

SCIPION, CATON, LŒLIE, SEPTIME, STRATON,

Gardes Romains.

STRATON.

AH, Seigneur, c'en eft fait, en fa fureur extrême,
Cartage enfin périt, fe détruit elle-même.
De tous côtés on voit des meubles entaffés,
Des habits précieux, des tréfors amaffés.
Les femmes s'avançant une couronne en tête,
Paroiffent celebrer quelque grand jour de fête.
Et fignalant leur haine, appellent les Romains,
Par les odieux noms d'injuftes, d'inhumains.

I

Et par l'ardeur d'un feu qu'un défefpoir allume,
Le fruit de leurs travaux par leurs mains fe confume,
Les mères en fureur enlevent leurs enfants
Pour les aller jetter dans des buchers ardents.
Loin de les attendrir, leurs larmes les irritent,
O funefte tranfport ! toutes s'y précipitent.
On voit les hommes fuivre, & pleins d'ardeur courir
Aux dévorants buchers qui les feront périr.
Leurs femmes, leurs enfants, la tendreffe, les larmes,
Rien ne peut dans leurs cœurs exciter des allarmes.
Tranquiles dans les feux, & fans plaindre leur fort,
D'un œil toujours égal, ils regardent la mort.
Peuple d'un grand renom, puiffante republique,
Ville qui fus long-tems la gloire de l'Affrique,
Ton nom va s'effacer en ce malheureux jour ;
Ta grandeur fe détruit, & périt fans retour !
Temples, Tours & Palais, leur flotte toute entiere,
Nous offriront bien-tôt un vain tas de pouffiere.

SCENE VIII. & DERNIERE.

SCIPION, CATON, LŒLIE, TUBERON,
STRATON, SEPTIME, *Gardes Romains.*

TUBERON.

VOs vœux, enfin, Seigneurs, fe trouvent accomplis,
Il n'eft plus de rivale, il n'eft plus d'ennemis.
Cartage anéantie efface de l'Affrique
Un redoutable obftacle à notre republique.
L'école des Guerriers, la mere des Héros
N'offre plus à nos yeux qu'un horrible cahos.

SCIPION.

Ne m'inftruirez-vous pas de la fin d'Araxonte ?

TUBERON.

Elle n'eſt plus ! Faut-il que je vous le raconte ?
Le peut-on ſans gémir ! j'en étois le témoin,
Mes yeux l'appercevoient, & la ſuivoient de loin.
D'abord elle offre au Ciel, ſes enfants, ſa perſonne,
Elle adore les Dieux, ſe fait une couronne.
D'un pas ferme elle marche en des braſiers ardents.
Sans frémir, elle porte en ſes bras ſes enfants.
Son ſiége eſt un bucher : là, cette ame conſtante
Attendoit en repos la flâme dévorante.
Contre toute eſpérance, elle voit Aſdrubal.
Gemirez-vous, Romains, ce vaillant Général
Se proſterne à ſes pieds, il lui demande grace,
Il trouve à ſes côtés, ſes enfants qu'il embraſſe.
La tendreſſe, en des cœurs qu'on voit ſe réunir,
Fait que les feux ardents ne ſe font point ſentir.
Quel fut leur entretien ? combien étoit-il tendre ?
Le grand bruit des braſiers empêcha de l'entendre.
Un déſir m'animoit, j'eſperois que les feux
Reſpecteroient toujours des cœurs ſi généreux.
On voit au même inſtant un tourbillon de flâmes,
Qui vient pour enlever leurs vertueuſes ames.
L'ardeur des feux s'augmente & conſume leurs corps.

SCIPION.

Peut-on gémir aſſez ſur ces fatales morts ?
O ! qui me trouvera leurs cendres prétieuſes,
Pour rendre ce qu'on doit aux ames vertueuſes ?

TUBERON.

Quels adieux ſe ſont faits, à ce moment fatal,
Le généreux Hannon, le vaillant Aſdrubal.
Araxonte trouva pour ſoulager ſa peine,
Auprès de ſon bucher l'admirable Tirene.

CATON.

Nous n'appercevons point Claſomene avec vous ?

TUBERON.

Il irrita les Dieux, il ressent leur courroux.
Il suivoit Asdrubal, ce cœur toujours servile
Esperoit s'enrichir des trésors d'une ville.
Lorsque l'on apperçoit au Temple de Junon,
Un grand feu, qui formant un ardent tourbillon,
Sans relâche, poursuit cet esprit mercenaire,
Dans sa fuite l'atteint, le renverse par terre.
Il lui fait expier par de vives douleurs,
Les maux dont ses conseils ont été les auteurs.

SCIPION.

Cartage a donc pris fin ! Tremblez nouvelle Troye ;
Auteurs d'un feu cruel, craignez d'être sa proye.
Dans l'avenir, craignez par un fatal retour,
Les maux que vous reserve un redoutable jour.

F I N.